The publication of this work was aided by a subsidy from
the Foundation for the Production and Translation of Dutch
Literature and the Mondrian Foundation.

Título original: *Grijsje*

Colección **libros para soñar**®

Rúa de Pastor Díaz, n.º 1 – 4.º B . 36001 Pontevedra
Tel.: 986 860 276
editora@kalandraka.com
www.kalandraka.com

Impreso en Imprenta Mundo, Cambre
Primera edición: junio, 2009
Tercera edición: marzo, 2017
ISBN: 978-84-8464-284-8
DL: PO 673-2016

Grisela

Anke de Vries   Willemien Min

kalandraka

Un día Grisela se sintió muy triste,
tan triste como su piel gris.

«Tengo que hacer algo», pensó.

Cogió un bote de pintura roja y dijo:

—Si me pinto de un color alegre,
seguro que me pongo contenta.

El color rojo le quedaba muy bien,
pero no se puso contenta.

La oca, que andaba por allí, dijo, muerta de risa:

–¡Un ratón con el pico colorado!
¡Nunca había visto nada igual!

«Voy a probar con otro color —pensó Grisela—.
¡A ver qué tal el verde!»

Ahora era la rana quien se reía a carcajadas:

—¡Qué cosa tan extraña! ¡Una rana con cola de ratón!

«Ya sé: amarillo. ¡Qué buena idea! –pensó Grisela–.
El color amarillo alegra a cualquiera.»

Pero los pollitos dijeron:

–¿Dónde se ha visto un pollito con bigotes y orejas?

Y se echaron a reír.

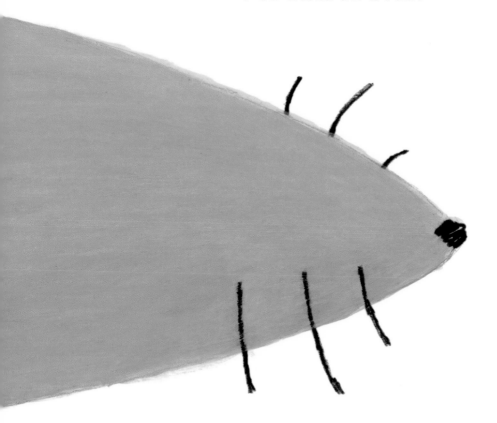

Grisela probó a pintarse lunares.

Entonces fueron las mariquitas quienes gritaron:

—¡Mirad, mirad! ¡Un ratón disfrazado de mariquita!
¡Qué divertido!

Así que Grisela decidió pintarse rayas.

–¡Qué interesante! –dijo la cebra riéndose–.
¡Será una cebra, será un ratón...? ¿Qué será?

Grisela no entendía nada.
Todos se reían, pero ella se sentía cada vez más triste.

«¿Y si me cubro de flores?», se le ocurrió.

Las abejas vieron a Grisela cubierta de flores
y se fueron detrás de ella:

–¡Bzzz, bzzz! ¡Qué flor de ratón másss hermosssa!

–¡Socorro! –gritaba Grisela sin dejar de correr.

Grisela llegó al río y se lanzó al agua.

Cuando salió del agua estaba tan gris como antes.
De pronto, apareció otro ratón.

—¡Qué color tan bonito tienes! —le dijo—.
Un gris así no se ve todos los días. ¿Cómo te llamas?

–Me llamo Grisela –contestó tímidamente.

–¡Qué nombre tan gracioso! Te va muy bien.
¿Quieres jugar conmigo?

–Sí, sí –contestó Grisela riéndose.

Y se sintió la ratoncita más feliz del mundo.